AF618778

SV

Volker Braun

Flickwerk

Suhrkamp

Druck: Druckhaus Nomos, Sinzheim
Printed in Germany
Erste Auflage 2009
ISBN 978-3-518-42109-3

1 2 3 4 – 14 13 12 11 10 09

Flickwerk

»Denkt Euch, die schlafen nicht.« »Und warum denn nicht?« »Weil sie nicht müde werden.« »Und warum denn nicht?« »Weil sie Narren sind.«

Kafka, *Beschreibung eines Kampfes*

NARRENKLEID. Mit Lohnzuschüssen, Lockerung des Kündigungsschutzes und 50000 neuen 1-Euro-Jobs wollte das Ministerium ältere Arbeitslose in Lohn und Brot bringen. Flickwerk nannte das der Arbeitsmarktexperte Burda. Da hat er die neuen Kleider hübsch beschrieben, und nicht nur die der Abgerissenen, Ausgegrenzten: die der ganzen bunten Gattung.

VERMEHRUNG DER NARRHEIT

Der Theorien gab es verschiedene: es herrschte Inzest, man steckte sich an, oder man wurde eben zum Narren gehalten.

Geboren wurden nicht mehr als sonst; es war nur so, daß man auf einen Schelmen immer anderthalbe setzte. Man mußte die Reform nur durch alle Ressorts und Berufe verzetteln und hätte eine Gesellschaft, gegen die die Volksrepubliken Vernunftstaaten gewesen wären.

DIE MENGE

Bei einem Umzug von Arbeitslosen durch die Stadt Erfurt sagte sich ein junger Jobvermittler an, den das Elend beschäftigte und die Art, wie es hingenommen wurde. Er baute seinen Stand an der Straße auf und hatte hundert offene Stellen im Angebot. Die Demonstranten änderten aber sorglich den Marschweg, um ihm nicht zu begegnen, und er wiederum wanderte an einen andern, unausweichlichen Platz; doch diese verzweifelte Menge lief einfach an ihm vorbei und beschimpfte den guten Mann, als ob er ihren Protest verhöhne. – Ja, wollt ihr nicht wenigstens wissen, welche Stellen zu haben sind? – Nein, nein. – Nein, das wollten die Hoffnungslosen nicht, denn da sie nach Tausenden zählten, wäre ihnen mit hundert nicht gedient. Sie dachten wohl: keiner oder alle, und das war eine verblühte, verblasene Losung. So mißverstanden sie ihn, um selber verstanden zu werden. Und wer nun da der größere Schalksnarr war, will ich nicht entscheiden.

EHEKRÜPPEL

In jener Zeit zogen Mann und Frau zusammen, ohne ein Hausstand zu sein, und auch die ganz Vernarrten leugneten ihr Verhältnis und gaben vor, alleine zu stehn. Sie waren mehr als der Liebe bedürftig, und wollten nicht zur *Bedarfsgemeinschaft* gestempelt werden, damit das Sozialamt Mahlzeit und Miete bezahlt. War eins um die Arbeit betrogen, mußte es sich um die Heirat schwindeln: und sich lieber was in die Tasche lügen.

Als ein Beamter zu einer Dame in Gladbach kam, um die Laken zu prüfen, fand er einen Beischläfer vor, der sonst nicht mit ihr zusammenhing. Das Amt verließ sich aber auf seine Nase und wies der Klientin die eheartigen Umstände nach. Die beklagte sich drauf über die Einmischung in ihre Sphäre, und das Sozialgericht Düsseldorf gab ihr recht: das gegen so überraschende Besuche Bedenken trug. – Diese Krüppel waren freilich nicht aller Sorgen ledig, und lediglich auf den elenden Ruf bedacht.

ES GEHT AN DIE NIEREN

– so sagt man ja, und wirklich hat ein Kerl in Viersen am Niederrhein, der soweit gesund, aber arm am Beutel war, eine seiner Nieren angeboten im Internet. 400 000 Mark beanspruchte der Arbeitslose für sein Körperteil, um ausgesorgt zu haben für seine Familie. So weit, so gut, aber das Auktionshaus Ebay unterbrach die Versteigerung und bot den Mann der Polizei an. Die griff zu und erstattete ihrerseits Anzeige, und nun machten die Medien ihren Schnitt. – Der Narr hatte nicht gewußt, daß er sich zwar im ganzen, als Arbeitskraft, anbieten, aber nicht stückweis verkaufen darf; daß er sich also zusammennehmen und als ganzer Mensch das Leben bestehen muß. *Die Polizei sprach von einem tragischen Fall.*

BLINDE LIEBE

Ein junger Mann aus Vorpommern ist, weil der Sozialspion auf der Matte stand, um die Frage zu klären, ob mit der ebenda ansässigen Frau eine Lebensgemeinschaft bestehe, in Zorn geraten, dergestalt, daß der Narr, als diejenige hereintrat und sich lächelnd, und unbeherrscht, zu ihm bekannte, die dumme Person mit der (gemeinsamen) Küchenpfanne erschlug. Die Handlung mag nun, was obengestellte Frage betrifft, so oder so bewertet werden; die Antwort war definitiv.

Ganz anders liegt der Fall bei den unglücklichen Paaren, die beweisen müssen, daß sie zusammengehören. Sie wissen einfach zu wenig voneinander; und wenn die Ausländerbehörde nach den Geburtsdaten des Partners (oder den Geburtstagsgeschenken) fragt, klaffen die ersten Lücken. Weil jeder Vorlieben hat – wenn auch keine Liebe zueinander –, muß er über die des anderen Auskunft geben: ob er zum Frühstück Milch und Honig mag oder ob er schwarze Wäsche trägt. Hier ist nun das Fehlen von Schuhen und Kleidern das Problem, das unauffindbare zweite Bett, die nicht gelegte Spur des Zusammenseins. Nichts deutet auf Dauer, keine Trophäen der Treue. Man könnte darüber hinwegsehn, wenn man nicht anhören müßte, wie sie lügen. Ein Asylant in München behauptete, im Stehen zu schlafen. Derart behielt der den Kopf oben und schützte religiöse Gründe vor. Auch kein Nachtkleid nannte er sein eigen und sagte den Vernehmerinnen ins Gesicht, die erröteten, daß es sich mit seiner Moral nicht vertrüge. Er müsse, erklärte die junge Frau, bei der er gemeldet war, öfter als die Socken die Länder wechseln. Er war um keine Ausrede verlegen und hielt die Beamten zum

Narren: der er doch, glaubend, damit durchzukommen, selber war. Man hätte ihn selbst aus Münchhausen ausweisen müssen.

WIE DIE ARMEN BESCHLOSSEN, TOREN ZU SEIN

Sie hatten in neuerer Zeit gelernt, daß alles Bewegen und Schreien der Einzelnen vergebliches Torenwerk ist; aber die Masse kann Mauern öffnen. – Doch dahinter war nun, bei Aufbietung aller Vernunft, kein Auskommen, und man mußte es mit der Unvernunft versuchen. Es sollte wohl wieder jeder an sich denken, als wenn er keine andern Sorgen hätte. Zuerst stand noch die Scham im Weg, die Bedürftigkeit anzuzeigen, man gab sie zögernd zu Protokoll wie sonst ein Verbrechen. Man war immerhin dankbar für die *Stütze*, mit der man sich eben behalf. Aber auch wenn man sein Begehren auf kleiner Flamme kochte, wurde es nach und nach abgebrüht. War die Schwelle erst einmal überwunden, kam man gleich mit der nackten Not und der Miete. Dann war kein Halten mehr, und man ließ sich in die Hängematte fallen. Verurteilt, töricht zu sein und sich an den gedeckten Tisch zu setzen. Man war bedürftig = unbedarft, ohne Scham = unverschämt. Man reizte sein Blatt aus und sagte: ich höre! So ging es Stich um Stich, die Möbel, die Schönheitsreparaturen. Und warum nicht der Fernseher, warum keine Ferien? Es genügte nicht, sich dumm zu stellen, man mußte dreist sein. Wenn man schon unbeweglich war, konnte man dem Staat auf die Sprünge helfen. Ihre gute Ausbildung und Anpassung war ihnen nun von Nutzen, sie wußten Ansprüche zu *formulieren*. Wer seine Lage als normal erkannt hat, wie sollte der aufzuhalten sein?

Sie hatten genug plebejischen Sinn, der Komik innezuwerden, aber wenig Humor, sie zu genießen. Die Behausungen grundsaniert, und wo früher Agitpunkte, wurden Kläranlagen geschaffen. Nur wer soll das vollscheißen und bewohnen? Es war, als hätte man die Fenster im Staat vergessen und müßte die Finsternis hinausschaffen, und ein jeder schlüge mit der Faust sein Loch in die Wand.

DIE TORTUR

Man sagte den Toren allensamt: sie müßten den Gürtel enger schnallen. Nun gab es aber Fette und Magere unter ihnen, wie unter den Gescheiten, die ohnehin Hosenträger trugen. Den Magren, kummergewohnt, fiel die Übung leicht, während die Fetten schwitzten, doch man zog noch ein Loch und noch ein Loch zu, bis alles japste. Ein spillriger Mann in der Uckermark, der drei Kinder nährte, hat sich an seinem Gürtel erhängt.

DIE LOCKERUNG

Die Vollbeschäftigten sahen auf die Leiharbeiter herab, da die für einen Finderlohn antraten. Aber sie durften sich wundern, weil diese Ersatzleute in ihre Gewerke sickerten und ihresgleichen Tätigkeit annahmen oder nachahmten. Worauf die teuren Kräfte ihr Ansehn verloren, weil die billigen auch mit Wasser kochten und mit Farbe malten. Ihr betrognen Hunde (hieß es da:) betrügt uns, um euch verlaßner Kerle werden wir entlassen. – Da war man die festen Leute los, die lockeren taten es auch.

DIE ARBEITSLOSEN IM WEINBERG

Das Himmelreich scheint der Staat, der früh aufsteht, die Arbeitslosen zu dingen in den *Weinberg.* Und da er mit ihnen eins ward um einen Euro, schickte er sie in den Weinberg. Und fand andere auf der Straße stehen und sagte zu ihnen: Was steht ihr hier den ganzen Tag müßig? Sie sprachen zu ihm: Es hat uns niemand gedingt. Er sagte ihnen: Geht ihr auch hin in den Weinberg. Da nun Zahltag war, bekamen die Arbeiter vollen Lohn, den sie beanspruchten. Und die Arbeitslosen empfingen ihren Euro und meinten zu wenig zu empfangen. Und sie murrten wider den Staat und sprachen: Diese anderen haben nicht mehr gearbeitet als wir, und wir werden nicht gleich behandelt, die wir dieselbe Last und Hitze getragen. Er antwortete aber und sagte zu einem unter ihnen: Mein Freund, ich tue dir unrecht. Doch bist du nicht mit mir eins geworden um einen Euro? Nimm, was du kriegst und geh! Es kann nicht jeder gleich bekommen. Ich habe nicht Macht zu tun, was ich will, mit dem nicht Meinen. Siehst du darum scheel, daß ich so grausam bin? Die Letzten können nicht die Ersten sein. – Das glauben die Narren 2000 Jahre.

Das Unterste nach oben bringen und in der Mitte nichts stehen lassen, kein Haus, keinen Baum, und die Luft nicht achten und das Wasser, was alles zerwühlt wird. Das heißt den Ofen heizen, und die Stube unbewohnbar machen. Das war die höhere Vernunft. – Über die verfügten die Hornoer nicht, sie gingen tiefsinnig umher. Diese Narren wollten nämlich nicht weichen und lieber von der Luft leben als nach Kohle graben. Als jedoch alles Klagen nichts half und die Klagen abgewiesen waren, durften sie sich teuer verkaufen. Zögernd, zähneknirschend willigten sie in die hochgehetzten Verträge, und widerwillig zogen sie in die neue schmucke Siedlung*. Die Kirche, der Dorfteich durften mit auf die Reise, und zwischen den ausgebaggerten Findlingen und angepflanzten Blumengärten sah man sie stur und stille in den Eigenheimen verschwinden. Wie man hört, sind sie auch jetzt nicht gesprächsbereit, und so viel sieht man, daß sie noch eine Flappe ziehen, wie wenn man nicht wüßte, wie wohl oder übel es ihnen erging.

* *Neu-Horno* bei Forst

DIE NARREN VON BÜCHEL

Die Bewohner von Büchel haben zwanzig Bomben im Ort, wie zugelaufenes Vieh. Das liegt im Unterschlupf, in den nahen Grüften. Keiner fragt die Bomben woher und wohin, denn sie geben Milch und Mist, man kann davon leben. – Da kamen aber Leute, die danach fragten und um die Zäune zogen. Atomwaffengegner mit Bolzenschneider am Maschendraht. Das ging den Büchelern gegen den Strich, die auf den Bomben saßen. Sie liefen rot an, als trügen sie Narrenkappen in ihren Metzgereien und Tankstellen, zwei Bankfilialen und vier Ausschänken. Wenn Krieg ist, sind wir ohnehin alle hin, wissen sie sich zu wehren.

DAS STERBEVERBOT

In der Stadt Arraial do Cabo hat der Bürgermeister untersagt zu sterben. Der Friedhof ist überfüllt, wie jede andre Favela, man soll die letzten Dinge verschieben. Wie will er anders die Behörden aufmerksam machen auf die ewige Not, als durch das ewige Leben?
Das ist eine Meldung, würdig unserer komischen Welt. Ob das Verbot die Lust am Leben weckt, weiß ich nicht, man wird es eben fristen, man muß ihm noch etwas abgewinnen. Auch die Auferstehung ist nicht garantiert; besser sich hier zum Narren zu machen als drüben.

VOLKSBEGEHREN

Wie zum Ausgleich (nicht der Gerechtigkeit) haben fünfunddreißig überschuldete Baumwollbauern in Maharashtra den Präsidenten um Erlaubnis zum Selbstmord ersucht. Das mag uns eine launige Post dünken, aber Jahr für Jahr machen ja Tausende ernst. Sie haben keinen Kredit weder beim Wetter noch bei den Banken. Weshalb sie Jahr für Jahr den Ertrag verlieren und sich aufs Sterben verlegen, indessen der Tod Ernte hält.

Volker Braun
Flickwerk

»*UNDURCHSICHTIGES GESCHÄFT.* Das Volk gab sein *Eigentum* ab und ließ sich die *Freiheit* aushändigen.«

Ein Flickwerk scheinen die neuen Verhältnisse, mit Reformen und Maßnahmen bemäntelt, ohne doch Sicherheit zu bieten. Aus diesem bunten Stoff sind die Torentexte gemacht, die vom Beben der Banken und dem Füttern der Fahrzeuge handeln, Schwänke der Wirklichkeit, Normalbürgerstreiche von Ehekrüppeln und Mitläufern, Unterbeschäftigten und Übernarren, der ganzen Belegschaft von Unnützen. »Und wer nun da der größere Schalksnarr war, will ich nicht entscheiden«: so könnte jede der kleinen Geschichten enden, denn neuerdings ist die Torheit auf beiden Seiten der Widersprüche zu finden; was fürchten läßt, daß die Gesellschaft verrückt ist. »Es war, als hätte man die Fenster im Staat vergessen und müßte die Finsternis hinausschaffen, und ein jeder schlüge mit der Faust sein Loch in die Wand.« Die Torheit als Volksfigur, ja als Figur, die die Völker machen in ihren globalen Gewerken.

Volker Braun hat in seinem siebzigsten Jahr im *Flickwerk* mehr als sechzig Streiche gesammelt, knapp und hart, wie sie die Geschichte spielt und wie wir sie am Leibe erleben. Die hohe Kunst dieses Schelmen schreibt den Kalender Hebels und Brechts für die Gegenwart fort.

Volker Braun, geboren 1939 in Dresden, lebt in Berlin; neben vielen anderen Auszeichnungen erhielt er im Jahr 2000 den Georg-Büchner-Preis.

Zuletzt erschienen
Machwerk oder Das Schichtbuch des Flick von Lauchhammer, 2008
Werktage. Arbeitsbuch 1977-1989, 2009

In gleicher Ausstattung liegen vor:

Beckett, Samuel: Die Welt und die Hose
Bitow, Andrej: Geschmack
Borchers, Elisabeth: Zeit. Zeit
Braun, Volker: Bodenloser Satz
– Die vier Werkzeugmacher
– Flickwerk
Enzensberger, Hans Magnus: Aussichten auf den Bürgerkrieg
– Die Große Wanderung
– Voltaires Neffe
Frisch, Max: Schwarzes Quadrat
Fritsch, Werner: Enigma Emmy Göring
– Nico
Grünbein, Durs: Berenice
– Den Teuren Toten
Gstrein, Norbert: Wem gehört eine Geschichte?
Handke, Peter, Bis daß der Tag euch scheidet
Hildesheimer, Wolfgang: Rede an die Jugend
Jonas, Hans: Philosophie. Rückschau und Vorschau …
Kirchhoff, Bodo: Der Ansager einer Stripteasenummer …
Kluge, Alexander: Der Luftangriff auf Halberstadt am 8. April 1945
Koeppen, Wolfgang: Es war einmal in Masuren
Krauß, Angela: Der Dienst
Leutenegger: Gleich nach dem Gotthard kommt der Mailänder Dom
Mayröcker, Friederike: Requiem für Ernst Jandl
– Scardanelli
Meier, Gerhard: Ob die Granatbäume blühen
Muschg, Adolf: Nur ausziehen wollte sie sich nicht
Narbikova, Valeria: Wettlauf. Lauf
Nizon, Paul: Abschied von Europa
Nooteboom, Cees: Kinderspiele
Oz, Amos: Der Berg des bösen Rates
Paz, Octavio: Itinerarium. Kleine politische Autobiographie
– Lektüre und Kontemplation
Reinshagen, Gerlind: Die Frau und die Stadt
– Joint Venture
Rothmann, Ralf: Berlin Blues
Schmidt, Arno: Die Umsiedler
Seiler, Lutz: Turksib
Steiner, Jörg: Ein Kirschbaum am Pazifischen Ozean
Vargas Llosa, Mario: Geheime Geschichte eines Romans
Zschorsch, Gerald: Czerwonka

Suhrkamp Verlag

PLANETARISCHER ANSPRUCH

Nach der Entdeckung eines *zehnten Planeten**, der jenseits der Bahnen von Neptun und Pluto kreist, zögern die Astronomen, sich mit ihm anzufreunden. Man ist uneins, ob man die zahlreichen armen Objekte in der Banlieue des Sonnensystems in die Vollversammlung der Himmelskörper aufnehmen soll. Es gelte zunächst, »die Mindestanforderungen an einen Planeten« zu definieren. Ein derart vernünftiger Anspruch ist, auch bei der Globalisierung, gegenüber unserer bewohnten und wie selbstverständlich akzeptierten Terra nie erhoben worden.

* der Himmelskörper 2003VB12: *Sedna*

AUS DER PRAXIS

Die härtesten Fälle, sagte der Zahnarzt, seien die Manager. Weil sie vor lauter Problemen nachts derart die Zähne aufeinanderreiben, daß sich das Gebiß abnutzt. Weshalb sie die dankbarsten Kunden werden, wahre Goldgruben. Es seien eben die, die sich die Reparatur leisten können. Man könne auch sagen, wer nicht die Konflikte hat, braucht auch nicht die Behandlung. Andererseits, die nicht in der Lage sind, knirschen auch mit den Zähnen.

FLORIDA-ROLF

Die Welt war so eingerichtet, daß die einen viel arbeiteten und die anderen nicht; man grübelte darüber nicht. Es mußte einer der Unnützen schon sehr auffällig werden, um ins Gerede zu kommen. Rolf zum Beispiel, dem es in Deutschland zu dunkel war, denn seine Seele brauchte Sonne. Die Kasse bezahlte ihm jahrelang den Aufenthalt im Freien, wie einer Dunkelziffer das Viagra. Bis er sich zu weit hinauslehnte in Florida und sein angenehmes Dasein reklamierte. Man hätte vermuten können, daß die Überarbeiteten, um so mehr gestreßt, das ihre in Frage stellten: aber nein, gegen den einen regte sich der Zorn, den man für einen ganz Ausgekochten hielt.

NORMALBÜRGERSTREICHE

Was einst als Schildbürgerstreich durchging, weil es Witz und Widersinn beschäftigte, kann nun als Broterwerb von Bürgern gelten, die anders keine Beschäftigung finden. Im Oberhessischen hat man »am hellichten Tag« eine Eisenbahnstrecke zum Verschwinden gebracht, indem sie mit schwerem Gerät zerlegt und weggeräumt wurde. Über fünf Kilometer erstreckte sich das Geschehen, und auf 200 000 Euro belief sich der Schaden. Nachdem das Gleis einmal stillgelegt worden war, schien es jedem Verkehr freigegeben; da waren die Diebe am Zuge.
In Masuren haben dergleichen Banditen und Baggerfahrer einen See zugeschüttet, um die Fische zu fangen. Ein Streich ganz nach der einmaligen Art, die keinen zweiten Fang verspricht. Sie schoben und schaufelten nämlich gründlich die Erde ins Wasser, bis es ein flaches Fluder war, woraus sich leicht ernten ließ. Weil es Winter wurde und Eis drüber wuchs, war wohl der Karpfen zu Weihnacht verschleudert, zu Pfingsten aber, als die Frösche laichten, der See versunken.

DIE FELLE

In der Verzweiflung darüber, daß ihnen die Felle wegschwimmen, fordern spanische Gewerkschafter, die Arbeit zum Weltkulturerbe zu erklären, wie sonstige gefährdete Parks und mittelalterliche Stadtanlagen. Nicht etwa die alten Industriedenkmale, nein, die vergehenden Gewerke selbst mit ihren Arbeitsbedingungen und Standorten sollten als museales Gut anerkannt und gerettet werden. – Das sei, wird ihnen deutsch entgegnet, ein Programm in der alten Tinte geschrieben, mit dem Aroma der vorgeschmeckten Niederlage. Stattdessen gelte es, die Rückerinnerung an die Errungenschaften in Forderungen zu übersetzen. Man solle, statt nach hinten zu handeln, nach vorne in das neue Elend gehn, um aus ihm Kapital zu schlagen.

$$\text{Fortschritt} = \frac{\text{Fortsturz}}{\text{Krise}}$$

indem Wohlstand Plage, Vernunft Unsinn wird und der Widerspruch die Hoffnung. Es ist die Hoffnung darauf, das Goldene Vlies zu finden.

VERQUERE GESCHICHTE

Es gab jene mutlosen Schildwachen, die am Todesstreifen standen, und die mutigen Schildbürger, die um ihr Leben liefen. – So geschah es in Schildow. Der Soldat, der die Pflicht hatte, auf den Flüchtling zu schießen – wobei er ihn hätte treffen können –, kam ihr nicht nach, aber ihm; er verfolgte ihn also, ohne ihn zu stellen, und dieses Fehlens wegen konnte er auch nicht zurück, sondern mußte dem Flüchtling folgen über die Grenze, wo er sich seinerseits stellte. Da hat einer dem andern zur Flucht verholfen, und keiner konnte es dem andern danken, und beide berichten noch heute darüber wie über feindliche Handlungen. – Nichts dagegen der alte Streich der Schildaer, die mit ihrem Holz quer durch die Türe wollten und ein Loch in die Wand rissen; hier war *die Mauer* einzureißen.

WILDFREMDE UMARMUNG

In der Weihnachtszeit 2006 haben sich in europäischen Städten Leute verabredet, auf die kalten Plätze zu gehen und andere Leute zu umarmen oder sich umarmen zu lassen. Da sie es in ihren Wohnungen, ja den Wohnblöcken nicht schafften, wollten sie es mit Fremden tun oder von Fremden tun lassen. Um elf Uhr ist es in Berlin, Düsseldorf, Warschau, Lyon und Helsinki zu den verzweifelten Aktionen gekommen; du Narr hast dich am Alexanderplatz in das Schicksal ergeben. Bleibt die Frage, warum mans im eigenen Wigwam nicht wagt; und wer viel fragt, kriegt viele Antworten.

KOMMUNALE MASSNAHMEN

In Andorra hatte man, in finstern Zeiten, die Wände geweißelt, um des Anscheins von Unschuld wegen. In Aurangabad im indischen Bundesstaat Bihar wies die Behörde an, die ganze Stadt rosa zu streichen, um »das positive Denken der Bevölkerung« zu stärken. So schwermütige Erscheinungen wie Kriminalität und soziale Unruhen sollen unterdrückt werden durch die dick aufgetragene Schönheit (eine andere Farbe, im *Untergrund*, ist rot). – Diese Narren wissen nicht, daß eine rosa Brille genügt hätte, wie es andernlands verordnet wurde; aber auch das scheint keine nachhaltige Maßnahme. In Leipzig hatte man die Vorstädte verkommen lassen, und nachher mußte der Staat aufgegeben werden.

GENFER KONVENTION

Da sie keine anständige Arbeit fanden, haben sich einige tugendhafte Bürger in der Stadt Genf anstellen lassen, über die Ordnung und Sauberkeit zu wachen. Sie bilden, diese *agents de civilité*, eine Anstandsbrigade, die in den Parks patrouilliert und in die Schulhöfe lugt. Sie machen sich am Müll und der Unmoral zu schaffen, soweit das zutage liegt. An der Natur, die an die Wand pißt; sie dürfen sie freilich nicht strafen, nur ermahnen. Es ist ein Anstand, der den Rasen harkt und nicht an die Wurzeln dringt; einen sauberen Staat, eine sittliche Sozietät wird er nicht gründen.

EIN FALL VON MISSGUNST

Nur weil es unter allen Ständen einfältige Leute gibt (schrieb Hebel), gibt es sie auch unter den Sozialbeamten. Ein solcher wollte in Göttingen einen Arbeitslosen, der sich als Bettler betätigte, den hingeworfenen Betrag vom Unterhalt abziehn, also den einen Bettel gegen den anderen aufrechnen. Da sah man den Staat in seiner elendsten Gestalt auf die Straße treten und mit die Hand aufhalten. Der Bettler, an seiner Würde gekränkt, zog vor Gericht, das ein besseres Urteil hatte. Und weil es über alle Sachen zwiespältige Ansichten gibt, las man von Mißgunst, ja einem Anschlag auf die Menschenrechte, »weil das Betteln immer zum Menschsein gehörte und weil nichts dafür spricht, daß sich das ändern sollte«.

DER SCHNEE VON MORGEN

Weil es keine richtigen Winter mehr gibt, ist auch sein Kleid Mangelware geworden. – Ich erinnere mich, wie wir als Kinder in hohen Mauern Schnees, gleichsam durch Schächte zur Schule gegangen. Es gab noch bitter und süße Jahreszeiten; sie sind mittlerweile verwaschen und abgeschabt. – In Steinach im Thüringer Wald ist man darauf gekommen, eine Lastwagenladung Schnee zu versteigern. Der Einfall ist auf weltweites Interesse gestoßen, das letzte Gebot lief auf 1000 Euro hinauf. Es sind ja auch Eis und Wasser im Handel, das Recht und die Freiheit und andere leicht verderbliche Waren, die in den Gully fließen.

AUF DEM HIGHWAY

Der Fall des australischen Autofahrers, der von der Polizei gestoppt wurde, weil er auf einer der belebtesten Straßen »weiter als notwendig« rückwärts fuhr, 40 Kilometer zwischen Sydney und Melbourne, und erklärte, der Rückwärtsgang sei der einzig noch funktionierende und er habe ja noch 90 Kilometer bis in die Stadt Numurkah, und der zudem ohne Fahrpapiere in einem unregistrierten Fahrzeug unterwegs war: ist der nämliche Fall unserer Regierung, die den Sozialstaat *voranbringt*. Der Mann aber muß sich demnächst vor Gericht verantworten.

BESTRAFTE SCHLARAFFEN

Unser Staat ist ein sorgsames oder versorgendes Wesen. Aber er ist natürlich noch der alte Bürokrat. D. h. er nimmt es genau mit der Armut und nimmt sie Maß. So unbeholfen sie sich anstellt, er bringt sie gehörig auf Hintermann. Da wird die Fürsorge wie eine Strafe empfunden und die Wohltat als Pein erlebt. Der alte Rechthaber, dem die soziale Ader schwillt, und die Bittstellerin, der das Blut gefriert. Eine gute Gesellschaft, wenn man sie durchrechnet, halb ein Schlaraffenland, das übergebraten wird.

: nennt der junge Stollmann seine Studien*, und bemerkt: »Lachen ist die Nichtanerkennung der Zusammenhanglosigkeit oder Sinnlosigkeit. Es ist das Beharren auf Zusammenhang, auch wenn viel oder alles dagegen spricht.« Im südindischen Unionsstaat Karnataka haben die Bauern (hört man), nachdem sie sich monatelang empörten, *die Strategie gewechselt* und zu lachen begonnen. Sie versammelten sich zu Hunderten vor dem Parlament in Banglador und *lachten die Regierung aus.* 2000 Polizisten sahen finster zu, denn kein Gesetz verbietet so heitere Kundgebungen. »Immer aber ist Lachen eine Regression auf die natürliche Freiheit des Individuums, eine Aufhebung der natürlichen und gesellschaftlichen Strukturen, soweit das Individuum sie verinnerlicht hat. Die kitzligen Stellen der gesellschaftlichen Häute müssen gefunden werden, da wo diese Häute dünn und empfindlich sind oder wo die Nerven zusammenlaufen.« Die Bauern lachten zwei Stunden, obwohl ihnen nicht danach war; sie standen und lachten Tränen.

* gedruckt in Stuttgart 1997

WIE DER HAMBURGER ZOLL 1 MILLION PAAR SCHUHE ZERTRAT

Wie Eulenspiegel den Gassenjungen aus den Schuhen half, so die Zöllner im hamburger Hafen den Produktpiraten. Jener bemächtigte sich mit einem Streich der linken, diese mit einem Schlag ganzer Container gelinkter Galoschen. Markensportschuhe, Fälscherware. Was tun mit dem Edelmüll, an Bedürftige geben, Schulklassen ausstaffieren oder Entwicklungsländer beglücken? Falsch, falsch, die noblen Falsifikate sollen niemand zugute kommen. Das sollte erst gar nicht anprobiert werden, daß sich der Markt so billig sättigt. Nachgemachter Wohlstand, Luxus für alle! das wäre ein Fußfall vor der Armut gewesen. – Die Schelmen vom Zoll haben das Zeug auf den Haufen geworfen und mit Vernichtung gestraft. In einer großen Schredderanlage wurde es mit Sohle und Senkel vertilgt.

WIE DER SCHALK GOLODKOWSKI VON BERLIN NACH BAYERN FLOH

Als die Regierung ins Schleudern geriet, denn die Macht ging den Bach hinunter, suchte sie rasch einen Schuldigen, den man hängen konnte. Sie kam auf den mit dem leidigen Geld: der an der Quelle saß, das war der Devisenbeschaffer. Dem schob sie das Unrecht in die Schuhe und das Geld in die Tasche, um den Volkszorn auf ihn zu lenken. So dachte man billig davonzukommen und das Volk zu verladen. Einen Schalk hatte es lange vermutet, der mit dem Seinen Unfug trieb. – Nun stahl er sich aber davon; denn in Preußen hängen sie keinen, sie hätten ihn denn. Es rief: Haltet den Dieb! und lief aus der Versammlung, um alle den einen zu fangen, der sie gern selber wären, weil er weiterwußte. Er setzte sich in den Westen ab, wo er immer willkommen war, nichts als Geheimnisse mit sich führend, wie man ein Schalk bleibt.

DIE SCHUTZSCHILDBÜRGER

Um den Gipfel* zu schützen, der diesmal im flachen Land stattfand, wurde um Heiligendamm ein mächtiger Zaun gezogen. Er war so hoch und lang, daß er ein schreckender Anblick wurde: den man berennen mußte. Ein blitzender Schild in der Ostseesonne, gegen den der Unmut brandete. Da sollte nun Kunst an den Bau, die friedfertig machen, die *deescalieren* würde. Man fand aber nicht bald dergleichen Kascheure für das versöhnende Happening: und so kamen schließlich doch Farbbeutel und Blutkonserven zum Einsatz.

* das Treffen der Regierungen der G-8-Staaten im Juni 2007

WIE ES IN KAISERSLAUTERN EUROS REGNETE

Es war eine abwegige Frage, die ein Privatsender stellte: *Was würden Sie für 100 000 Euro tun?* Man machte ja, für viel weniger, fast alles; aber zwölftausend naheliegende Vorschläge gingen ein: sich vier Wochen nackt in den Affenkäfig setzen oder die Summe für Kinder in Not spenden. Ein Mann aus Koblenz, namens Hilgert, stach alle die Narren aus, indem er versprach, drei Viertel des Gelds auf Rheinland-Pfalz regnen zu lassen. Den machte man bereitgierig zum Gewinner. Doch im mainzer Rathaus lassen sich die Fenster nicht öffnen, auch wird dort kein Geld aus dem Fenster geworfen. Also zog man nach Kaiserslautern, wo auf dem Marktplatz ein Baukran stand. Schon Stunden zuvor, und es war arschkalt, mulmte die Menge, die Schule und Dienst versäumte, um zu sehn, wie der Bimbes vom Himmel fällt. Es wurde ein schmales Feld eingezäunt, auf das immer nur Zehn, die sich losen ließen, gelangten. Sie mußten die Schuhe ausziehen und Taschen und Hüte ablegen und keinen Honig an den Fingern haben. Nun ließ Hilgert die erste Ladung platzen, und es rieselte, wie eine rare Rendite, der Segen herab. Die Tölpel fischten und hechteten nach den Scheinchen und knüllten sie in der Pfote, soviel sie zu fassen kriegten, und die nächsten riefen nach oben, das Geld in ihre Richtung zu werfen. Der dachte aber nicht anders, als Glück zu spielen; so gingen die meisten leer aus, und alle waren zufrieden. – So könnte man, um zum Brot die Spiele zu geben, die Stütze aus dem Sozialamt streuen und dem Pack auf die Sprünge helfen.

EINE BELEGSCHAFT VON UNNÜTZEN

Nach Kafka

Es war einmal eine Belegschaft von Unnützen, das heißt, es waren keine Unnützen, sie konnten sich nur nicht nützlich machen. Sie hafteten auch nicht zusammen wie eine Belegschaft, sondern sie war aus dem Leim gegangen. Wenn jemand zum Beispiel, der zu ihnen zählte, sich unnützerweise Sorgen machte und aus dem Fenster des Arbeitsamts sprang, liefen sie nicht herbei und versammelten sich um den Idioten, um ihm das letzte Geleit zu geben, sondern sprach nur jeder zu sich, so tröstende Referate: »O je. Der hat nicht weiter gewußt, Respekt. Er hat seinen Weg gewählt. Das bleibt mir immer noch.« Diese Beiträge und Beschlüsse gingen also ins Leere. Man wohnte weit auseinander jeder auf seiner Bahn, aber anders als den Kometen fehlte es an Gemeinsinn; sie waren, wie je ein Weltbild, auseinandergesprengt. – Nur unbegreiflich, daß die Belegschaft nicht einmal, mitten im Kaufhaus oder auf dem Parkplatz, die steifen Fäuste aus den Taschen zog und zuschlug – blindlings, wie sie ja ihr Schicksal traf, und alles herum in seine Einzelheiten zerlegte, so wie sie sich selber befand.

Der Kokspreis war im Keller, weshalb die Kokerei nicht mehr lohnte, und die Kokler von Dortmund konnten die Öfen löschen. Da standen schon die Chinesen an, um ans Werk zu gehn in Abrißkolonnen. Man überließ den Narren den Schrott, eh er Rost ansetzte, und sie kauften den Deutschen den Schneid ab mit ihren Schneidbrennern. Und hokuskokus war das Gelände entgrätet und der Fisch schwamm nach Asien hinunter. – Man konnte in den Mienen der Völker lesen, was sie derweile dachten. – Sie waren aber noch nicht fertig mit dem Ab- und Aufbruch, da schlug der Koks auf und brachte wieder Gewinne. Entsprechend verzogen sich die Völkervisagen, und die Deutschen machten lange Gesichter, und die Chinesen grinsten mit breiten.

Sie waren nicht so dumm, wie sie dreinsahen, aber doch anders als die glücklichen Leute, die Praktischen und Verliebten. Sie gingen nämlich etwas gebückt, um den Boden im Auge zu behalten und sich nicht an Vorstellungen zu verlieren. Im übrigen waren sie von allen mechanischen Übungen befreit und gleichsam aus dem Schraubstock genommen. Die Arme fuhren nur von ungefähr in die Luft, wie um einen Gedanken zu verscheuchen; die Luft, die sie auf Spaziergängen kosteten. Auch das taten sie schüchtern, als stünde es ihnen nicht zu: unglückliche eben, angemaßte Arbeit. Es arbeitete aber in ihnen: man sah es nur nicht; sie kämpften in sich, mit dem inneren Schweinebraten, der ihnen in den Mund flog, oder dem Bier, in dem sie badeten. Sie kämpften mit dem Brechreiz, der unten im Geweide wühlte, als sollten sie sich herauswürgen, während sie oben in der Kehle ein stummes Lachen zwirbelte. Etwa in der Mitte des Wegs stieß das Kitzeln und Kotzen zusammen und belust/belästigte den Leib. Es war ein Kampf, der viel Kraft verbrauchte, Witz und Würde – wie um Wüsten zu bewässern, Welten zu bewohnen. Gewerkschaften wurden gebraucht, ihn anzusagen, Wissenschaften, ihn zu begründen. Es gab für diesen ungeheuren, lebensgefährlichen Kampf, der halbe Völker hineinriß, ein Wort, das man nicht aussprach (oder nur, um sich zu verwahren), das Wort für den stillen pausenlosen Beruf, es lautet *dulden*; und erst wenn man abgekämpft war – und verloren hat? –, ja, wenn man verzweifelt, gibt man auf und willigt in den Widerstand. Dann sagen diese Toren: Es kotzt mich an! und sie lachen heraus, und der Nischel hebt sich; und wer weiß, was wird.

NARRENSPIEL ODER: DER SÜSSE WEG

Als die Leute in Bitterfeld die Arbeit verloren, gingen sie sie suchen. Sie fanden sie aber nicht so bald wieder. Sie suchten natürlich nicht auf dem *Bitterfelder Weg*; sie waren arbeitslos und kunstlos. Sie hatten diesen Weg ganz vergessen, der so nahe lag! – Im Kabelwerk Oberspree nahmen am Tag der Arbeit die Philharmoniker Platz und zeigten, wie man es macht. Da saßen die Narren bedrückt, und sie spielten erhebend. Man konnte in der leeren Halle nichts als Arbeit, Arbeit denken, nun klang es wie Leben, Leben!

HOHE UND NIEDERE NARRHEIT

Auf dem wiesbadener Sternschnuppenmarkt trank ein erwerbsloser Maurer seine Biere, mit dem Button am Frack: ARBEIT ist SCHEISSE. Ein hohes Tier kam ihm in die Quere, das ihm sein Aussehn ansah und erwiderte: Wenn er sich waschen und rasieren wollte, bekäme er acht gut bezahlte Berufe. Es war der Landesvater selbst, der das freche Angebot machte, und Henrico ließ sichs gesagt sein und von der Mutter den Bart abnehmen und das Piercing aus der Nase drehn. Er erschien aber nicht in der Staatskanzlei, denn wem, sagte er: außer ihm! wäre damit geholfen? Diese Frechheit fiel nun auf und wurde als *Schlag ins Gesicht aller* gewertet. – Da haben wir wieder das Narrenpaar, salviert und balbiert, unsere Achtmalklugen, zusammengebunden; und man muß nicht fragen, wer hier wen verarscht. Dem mußt du ein Schalkheit tun, es sei, was es wöll, daß der Irrtum us dem Volk kumm.

DER KINDERNARR

Der Sozialarbeiter Virat Promduangdee aus Bangkok ist wiederum Vater geworden. Es ist das dreiundzwanzigste Kind in fünf Jahren, für das er im Hospital einsteht. Eine Krankenschwester, die ihn erkannte: *Du schon wieder!*, will beim nächsten Mal die Miliz alarmieren. Virat ist nicht verheiratet und nimmt die Frauen nur eben an der Hand, denn ohne thailändischen Mann müßten sie bei der Entbindung 3000 Baht berappen. Er hat Glück bei den Frauen; sie sind illegal eingereist, vergewaltigt worden oder an Aids erkrankt. Und kaum haben sie das Kind *zur Welt gebracht*, verschwinden sie lautlos. – Unser Mann ist nicht besonders kinderlieb, ein Narr aus Not, mit der die Welt schwanger geht, um einen Menschen wie ihn zu gebären.

EINKINDPOLITIK

Das groß und alte China hat viele Erfindungen gemacht und noch viel mehr Kinder. Und auch mit diesen hat man experimentiert. Erst stand in der roten Bibel, es sollten viele sein und für Wohlstand und Ewigkeit bürgen. Doch die Neuzeit braucht raschere Rendite. So wurde die Einkindehe verordnet. *Besser zehn neue Gräber als ein neuer Mensch.* Statt des Geschlechts- der Geldverkehr. Solche Regeln hat man gepinselt. Wenn aber einer eins über den Plan erzeugte, mußte er Strafe zahlen. Man hat uns mit den Jahren 400 Millionen Menschen erspart! Das Eine aber, Genehmigte wird um so mehr verehrt und ernährt, so daß es dick und eigensinnig wird. Alle Erwartungen umsorgen den kleinen Kaiser, und noch ahnt man nur, was für ein Monster man mendelt.

DAS ANSINNEN DER TUGEND

Weiß man, ob die Tugend mit der Torheit oder die Torheit mit der Tugend spricht? In Tokyo wurden Briefumschläge ausgelegt, die eine Summe Gelds enthielten und die Bitte, der Finder möge damit Gutes tun. Das hieß ja, daß die Spender solche Philosophen sind, die nicht selbst die Welt verändern. Die unglücklichen Finder, die auch nicht wußten, wie sies beginnen sollten, trugen die Scheine auf die Wache. Sie heiligen ja das Mittel, sehn nur keinen Zweck. – Das Ansinnen ist in der Welt; die Philosophen haben nichts erklärt, die Polizei soll sie ändern.

DIE NEUGRÜNDUNG BOLIVIENS

Als der *schmutzige Indio* Morales in Bolivien Gesetze zugunsten der Armen erließ, waren die Reichen sehr betroffen. Sie gingen mit ihren sauberen Familien auf die Straße und traten in den Hungerstreik. 1500 Grundbesitzer und Viehzüchter campierten auf Matratzen vor dem Gouverneurspalast von Santa Cruz gegen den *Terrorismus der Regierung.* Es waren all jene, die nie Hunger leiden und auf der Halde grasen, und das war ein äußerstes Zeichen der Gefahr, in der die Welt war: neu erfunden zu werden.

TOTE SEELEN

Die große Erzählung von den zusammengeklaubten Seelen der Leibeigenen ist eine russische Erfindung; die kleinen Meldungen über die ausgestrichenen Arbeitslosen stehen in deutschen Zeitungen. Der zaristische Beamte Tschitschikow kaufte die Leichnamen auf, die noch in den Steuerlisten standen, der demokratische Staat findet die Lebenden ab, und sie verschwinden aus der Statistik. Hochstapelei dort, hier ein Heruntereskamotieren. Und bei diesem Handel lassen sie sich, scheint es, die Seele abpressen, und ausbezahlt haben sie sich gleichsam ausgegeben. Sie ziehen sich aus dem geselligen Leben zurück, und selbst kostenlose Vergnügungen meiden sie nun, und wie Geächtete hausen sie gespenstergleich. Sie wollen, scheint es, verlöschen und verlieren wohl die Stärke, und kein Zuruf erreicht sie aus den Romanen.

WAHLFÄLSCHUNG

In einem Ort in Rumänien wurde der Bürgermeister im Amt bestätigt: das er aber am längsten ausgeübt hatte. Denn er war am Morgen des Wahltags gestorben. Man erfuhr von dem Rückzug zu spät, um die Wahl abzublasen, und früh genug, ihm dennoch die Stimme zu geben. Die meisten nämlich hielten an dem Toten fest, damit der Rivale nicht Vorteil nähme. Man wollte sich nicht beeinflussen lassen. Die Wahlkommission, das schreckliche Votum in Händen, schob nach Hinundher dem Verlierer den Sieg zu. Da half keine Totenklage, das Leben fälschte die Wahl, der Erzbetrüger, um weiterzugehn.

PREUSSISCHE RECHNUNG

Um Geld an den Straßen zu sparen, wird im Brandenburger Landtag erwogen, den Bewohnern entlegener Gegenden* Wegzugsprämien zu zahlen. Es scheint ein Gebot der Nächstenliebe, sie aus den Armutsregionen herauszuholen, resp. des Egoismus, diese wie Gott zu verlassen. Man will keinen Aufwand treiben mit den untergehenden Landschaften und sie *kontrolliert verwildern*. Das ist eine welthaltige Metapher, im Grunde für Kontinente gedacht. Da aber auch die Vernunft lange Wege geht und auch der Abriß kostet, halten sich etliche an der Krume fest; zudem wimmelt der Speckgürtel schon von Nomaden. Hinwider, und ganz herum: es ist nur eine Frage der Zeit, die Prämie auszuloben für die *gezielte Entvölkerung* des prekären Planeten.

* wie dem Oderbruch

DAS FÜTTERN DER FAHRZEUGE

Weil wir das Automobil mehr als den Menschen lieben, bekommt es das Beste, was wir haben. Unser täglich Brot verzehren wir achtlos, aber das gefräßige Fahrzeug verlangt schonende, spritreiche Kost. Und jede Kleinigkeit, die seiner Erscheinung und Funktion Abbruch tut, ist gleich zu beheben, jeder Husten des Motors, jeder Kratzer am Lack. Unser Magenknurren ist menschlich, aber ein Maschinenschaden eine mittlere Katastrophe. Also speisen wir es mit Mais und Zuckerrohr und Korn von vier Kontinenten. Die ganzen Lebensumstände, Ölstand, Luftdruck, Elektrik, beschäftigen uns, damit es morgen anspringt, und das empfindliche Ding muß nachts in die Garage, damit es lange lebt. Worauf man beim Menschen nicht Wert legt, weshalb er nicht gewartet wird und oft verkommt. Wie wir uns auch ungern anschnallen und lieber verrecken, als zu Fuß zu gehen, geschweige denn daß die Hungernden, denen es nun an Fladen und Krume fehlt, unser Mitgefühl erregen, sondern wir fortfahren in stolzen Karossen.

DIE PASTA DER GERECHTIGKEIT

Der Nudelfabrikant Enzo Rossi zahlte in seinem *Familienbetrieb* La Campofilone nicht schlecht: 1000 Euro gestand er jedem Angelernten zu. Man hatte aber nicht gelernt, damit umzugehen, und ging ihn immer wieder um Vorschuß an. Da wollte es Rossi wissen und einen Monat wie alle leben. Er löhnte sich und seine Frau, ganz sittenwidrig, mit diesem Salär. Und rechnete noch die Miete herunter und kürzte den Töchtern das Taschengeld. (Die hörten nicht gern, daß Geiz geil sei, und auch die Frau *liebte* den Luxus.) Da war nun Schmalhans Küchenmeister und kaufte im Supermarkt, saß im Heimkino und trug die Socken ab. So lebte er nicht über die Verhältnisse der anderen. War aber auch bald blank vor Entsetzen, denn er hatte nicht vermutet, wie lang ein Monat ist. Nach drei Wochen war er am Ende mit seiner Moral und solchen ungedeckten Forderungen. Hatte er sich damit zum Narren gemacht, waren es seine Leute schon lange. 200 Euro legte er ihnen zu und investierte in ihre Laune. »Ich lebe von ihrem Einsatz. Ich will, daß sie ruhig und präzis produzieren.« Die Gerechtigkeit ist die Pasta des Volkes.

IN LETZTER INSTANZ

Eine Maschinenfabrik mit dem antiken Namen Ixion war – so ging der Mythos – in der Klemme und verlangte Abstriche von der Belegschaft. Da nannte einer meuternd die Methode: kapitalistisch! Der Narr sagte tatsächlich: So wie die Kapitalisten sich das vorstellen, geht es nicht. Diese Herabsetzung wollte der Unternehmer nicht hinnehmen; es ging ja noch nach ihm. Er belangte den Mann, und so verklagte ein Narr den andern. Der eine: *Kapitalist* heiße schlechthin, wer über Produktionsmittel verfüge. »Wenn dich der Name ärgert, gib sie ab.« Der andre (dachte nicht daran): Soll ich sie *dir* überlassen? – Der Fall wird auf dem Hamburger Landgericht verhandelt und würde sich schlichten lassen, wenn man der Sache den mythologischen Anstrich nähme; es dürfte *in letzter Instanz* keiner recht bekommen.

VORSCHNELLE SCHLICHTUNG

Die Arbeitslosen, die auch zu kämpfen hatten, wußten nur nicht wie. Es ärgerte diese Entlassenen, daß sie nicht streiken konnten wie die Beschäftigten, sie hätten gerne das Recht gehabt. Da fragten wohl ein paar Herumstehende die Gewerkschaft, die den berliner Verkehr lahmlegte, ob sie mitmachen sollten bei dem Ausstand? Es war ein *Arbeitskampf*, von einem Arbeitslosenkampf hatte man nie gehört. – Was soll denn das bringen? wurde erwidert. – Eine große Zahl! – Und kleines Ergebnis, beschied man sie lachend. – Das war eine richtige Rechnung, und die Arbeitslosen, die keine Streikkasse hatten, stritten nicht weiter und gingen ihrer Fußwege. Sie könnten sich freilich organisieren und, wie die einen *verdi* heißen, sich *wagner* nennen, um ebenbürtig aufzuspielen. Nur fragt sich: wem? Sie würden, kämen sie alle zusammen, Berlin verdoppeln, oder noch einmal spalten. Das ist eine Drohung, die keine Adresse hat, wie auch Sturm und Wetter, wenn es losbricht, keine kennt.

DAS BETEN DER BANKEN

Während des Börsenkrachs im Jahr 2008 wurde in der Kirche am Frankfurter Römer ein Krug zu den Opferkerzen gestellt, in den »die betroffenen Banker und Anleger« ihre Seufzer werfen konnten. Die wollte Pfarrer Volz in Fürbitten wandeln. Zu Gott: denn die Geld- wie die Kirchenleute denken im Weltmaßstab. Aber wer glaubt, daß der Himmel die Krise bewältigt? Der Herr hats gegeben, der Herr hats genommen: möchte man den Narren sagen.

SODANN

Ein Mann aus dem Volk sollte Präsident werden und gab, bevor er Reden halten müßte, ein paar Vorsätze zum besten. Eine neue Hymne wollte er singen lassen: *Anmut sparet nicht noch Mühe*, und den Chef der Deutschen Bank verhaften. Mit solchen Aufzählungen und Abrechnungen setzte er sich noch weiter herab, wo die anderen Kandidaten hochtrabten. So nahm jedes seine Chance wahr. Der Mann aus dem Volk hätte gewiß etwas ins Amt gebracht: Witz, und Behagen, die Wahrheit zu sagen; andrerseits – wandte man ein – wäre das Volk da nicht mehr ernstzunehmen. – Weit gefehlt; das Volk, zeigte die Wahl sodann, nahm sich selbst nicht ernst.

– gewiß, aber der Präsident Chávez, der der imperialen Zeitrechnung trotzte, ließ die Uhren Venezuelas eine halbe Stunde verstellen. So wurde es alsdann früher helle. Man machte sich lustig über den Zeitenwender, der nicht richtig ticke; und die Kinder in den Dörfern, die nicht mehr im Dunkeln zur Schule laufen, werden ihn nicht töricht nennen; und ich Narr rücke den Text mit Lust in den Kalender.

FRANZOSENKRANKHEIT

In dem gebildeten Frankreich, wo rasch Meinungen grassieren, läßt man gefährliche Ansichten verbieten. Man müsse historische Wahrheiten festschreiben, damit sie nicht geleugnet werden können. Wo diese moralische Keule geschwungen wird, erhebt sich aber lässig ein Zepter. Man solle der Wahrheit Spielraum lassen, sich noch zu wälzen, wie könne man sonst die Lügen widerlegen? Das sind zwei gegensätzliche Medizinen, Antidote, die verschrieben werden, wiewohl sie beide nicht heilen.

DAS LEBEN DER BERUF

Jetzt wird ein großer Gedanke gedacht, der die Menschheit beschäftigt. Beschäftigen soll: denn wenn man keine Arbeit mehr hat, werde das *Leben* die Aufgabe sein. Das bedeutete, sich selbst der Mühe wert zu finden und bei sich selber anzufangen. Nämlich sich einzustellen im eigenen Saftladen, in der eignen Traumfabrik, um etwas aus sich zu machen und sich, wie auch immer, zu produzieren. Um sich selber herzustellen, das reiche, vielseitige Wesen. Das Leben, heißt es, wäre Beruf genug. Ob man aber acht Stunden oder in Überstunden mit sich zu schaffen habe, wird nicht erörtert; man nähme es vermutlich nicht genau. (Fast ist man an das *Menschenbild* gemahnt, das im Ostblock grassierte, das Arbeitszeit als Lebenszeit reklamierte.) Doch spürt man des Gedankens Blässe; und die armen Schelme mauern und wollen sich so nicht verstanden wissen: und halten an der alten Einstellung fest, sich aufzuopfern für fremde Zwecke und für Lohn und Brot das Leben zu geben.

DER PHILOSOPHENSTAAT

Als die Philosophen regierten, galten die großen Begriffe, und der abgegriffene Rubel nichts. Es wurden Worte, aber kein Geld gewechselt, und Waren geschaffen, aber kein Wert geschöpft. Das hieß Kommunismus = alles in eine Hand, die es kaum halten konnte, es sei denn als Faust. Es herrschte ein Denken, das alle und alles *einbegriff*, und nicht nur die Politruks stellten den Philosophen heraus, jeder mußte, wenn er was wollte, nicht etwa die Mütze ziehn, sondern Bewußtsein zeigen. Wer eine Wohnung beantragte, höheres Gehalt, die Auslandsreise, hatte nicht sein bescheidenes Dasein, er hatte die Weltlage einzuschätzen. Da hieß es dialektisch denken, also zu wissen, wie man falsch liegt, um richtig zu reden. Wer danebenhaute und die Begriffe verbog, lief Gefahr, Hab und Hut zu riskieren! Auch der Staat war gehalten, die Losungen aufzuladen oder abzuhängen, damit er das Sagen hatte, und nichts irritierte ihn mehr als feste, unbeugsame Meinungen. – Dann war die Sprache abgegriffen, und er hat die Macht verloren. Die Denker dankten ab, und er läßt die Willkür machen. Doch auch im Untergang bemerkt man* die philosophische Haltung. Er verfährt paradox und geht bewußt zum Gegenteil über, den vielberufnen, den Kapitalismus, und stellt den an, um zum Ziel zu kommen. Um sich zu *vollenden* und anders zu *siegen*. Was für ein Umschlag! stoisch erlebt, um sich zu retten und aufzuheben und Geschichte zu werden, zur Wiederholung frei.

* jedenfalls Boris Groys im *Kommunistischen Postskriptum*

Das nämlich ist Gorbatschow in der Weltgeschichte, und nicht erst, seit er den Gamsbart am Hut trägt. Zar Peter sammelte das Reich, der Generalsekretär zerstreute es und gab die Macht preis. – Und bereut er es nicht? – »Was bedeutet Macht, wenn sie nicht dem Volk dient?« Was für ein Narr! sage ich und umarme ihn. Aber was hätte er um diesen Preis heraushandeln können. Was hätten die Helden des Rückzugs für Feldzüge führen können! Für die deutsche Einheit allein wären *zwei* deutsche Armeen zu pulverisieren gewesen. Die *Welt ohne Waffen* hätte kein Traum bleiben müssen. Mußte das *neue Denken* Schwäche sein? Der damische Narr!

KINDERSPIEL

… *Und hättst so schöne Auen / Und reger Städte viel; / Tätst du dir selbst vertrauen / Wär alles Kinderspiel.* Das ist kein Soldatenlied, was fällt mir ein; während hinten am Hindukusch unsere vitalen Interessen verteidigt werden. Die Auen: vermint, und die Brigade* war unfreiwillig weise geworden und regte sich wenig, und bediente sich einer unkonventionellen Methode, das Gelände zu testen. Die Soldaten winkten die Kinder heran, die auf dem Schießplatz Messinghülsen sammelten, griffen hinter sich in eine Kiste mit Äpfeln, hielten sie ihnen unter die Nase und schmissen sie weit von sich. »Dann warteten sie ab, was passierte.« Liefen die Kinder los und es gab keinen Knall, wurde das Feld als geklärt betrachtet. – »Wir verteidigen unsere Art zu leben«, erklärte der Bundeskanzler, und nun verstand jeder Dummkopf die Sache.

* die ISAF (International Security Assistance Force). Nach Achim Wohlgethans Bericht *Endstation Kabul,* Berlin 2008

ZUM PUBLIKUM

Arbeitsnotiz

»Wir haben keinen Feind. Darum können wir nicht kämpfen.« So lasse ich die Elenden reden. Aber diese Familie Krüger aus Guben, die sich breitmacht arbeitslos am Strand: ist sie am Platz – zwischen den Flüchtlingen und Geschäftigen, im Weltgegensatz, für den sie nicht kann, dem sie maulend zuschaut. Platzhalter eines gehobenen Elends, des privilegierten Unglücks, in den Tag zu leben und Gott keinen guten Mann sein zu lassen. Was sind das für Figuren in dem Spiel, die ich streichen will / an denen ich hänge. Nach einer Antwort fischend, in dem Publikum, entdecke ich, daß es *komische Personen* sind, die Clowns, in die uns die Geschichte verwandelt hat nach dem Abgang von der eigenen Bühne, und als solche können wir alles sagen und die bittere Wahrheit schwafeln. Doch etwas Düsteres, Erschreckendes hängt ihnen an, indem sie sich selbst in die Rolle gedrängt und an den Hof gedrängelt haben wie jeder andere Narr.

DIE GEIZIGEN LÖBAUER

In der kleinen Stadt Löbau, in der einst die Webstühle klapperten, die jetzt in Pakistan dienen, gibt es nun Armut. Da stellte sich heraus, daß etliche Familien in zu großen Wohnungen steckten! Nur, so kleine Gehäuse, wie ihnen zustehen, hat man nicht genug; wie also mit dem Problem umgehen? Es lebt dort ein karger Menschenschlag, der dem Gesetz entgegenkommt, man hört das Lied: Spare jeder Zeit, dann hast du immer Not. Das Sozialamt wies an, den Kunden eine Stube abzuschließen, damit nur die mögliche Zahl genutzt werde. Die Maßnahme schien strikt durchgeführt; und bloß zum Lüften durfte der Raum betreten werden, Kontrolleure sahen nach, ob kein Feldbett oder Wäscheständer untergestellt wäre. Aber ein anmaßender Mensch breitete sich in seinem Parterre aus und verursachte Lärm in der Sache; und hier war von Mauerbau, da von Volk ohne Raum die Rede; und mit ganz durchgeizigten Mienen verteidigte sich die *geltende Praxis.*

DAS BEBEN DER BANKEN

Sie hatten von ihren hohen Türmen viel Geld in den Wind geschrieben und die Keller tief in den Sumpf der Kredite gebaut, als sie zu wanken begannen und bebten. Der arme Staat stand nun an, sie zu stützen, damit sie nicht zusammenkrachten. Die Banken aber schämten sich, schwach zu werden und die Milliarden anzunehmen; denn sichergestellt, hätten sie an Bonität verloren. Da man sie aber nötigte und das Rettungspaket ins Haus brachte, verweigerten sie die Annahme: und bebten noch mehr bei dem Gedanken, dem Gemeinsinn Zinsen zu zahlen. Waren sie durchgeknallt, die alten Zokker? – O nein, die Torheit hat andere Konten, um abzuheben.

DER ÜBERNARR

Vor dem neuen Eigentümer zieht er die Mütze, um nachher entlassen zu werden. Dafür kriegt der mit dem Turban sein Fett weg, denn so viel Macht hat er. – Wehmäulig, duckmausend, das ist die Gesundheit; anmaßend angepaßt, das ist die Konfektion; das weitere Weltbild: halbgewalkt. So kommt alles zusammen. Natürlich, warum nicht? Jede Zeit hat ihr Wesen. Wie der Mensch über sich (und andere) hinauswill, so auch der Narr. Man kann vom Übernarr sprechen.

MERKWÜRDIGES BEISPIEL MENSCHLICHER DEMUT

Eine gewisse Bescheidenheit eines jungen Arbeitslosen in Bochum zeigte sich darin, daß er, den eine körperbehinderte Frau als Hilfe aufgenommen, ihr Ableben nicht der Polizei meldete, sondern sie in den Bettkasten steckte, über dem er schlafend tagelang verblieb und sich nicht zugleich einen Platz im Sarg der Verblichenen sicherte.

SPANISCHE TOLLHEIT

Regierungschef Zapatero versprach in der Krise, keinen im Straßengraben zu lassen; nun hatten sich aber zweie da hingelegt. Sie waren dreiundzwanzig Tage zu Fuß gegangen aus ihren katalonischen Dörfern bis nach Madrid, nachdem sie beim Hungerstreik viele Pfunde verloren und einen Baukran besetzt und nur die Gerichte auf sich aufmerksam gemacht hatten. Da sollte der große Zampano helfen und sein Wort halten, und sie drangen in den Moncloa-Palast, um es vorzusprechen. Man kann das Tollheit nennen (wessen? beider Seiten): aber sie reicht nicht, und der ließ sich verleugnen, und die lagen auf dem Gehsteig unter der Autostraße in ihren Nachtsäcken, und die Fahrer hupten und hoben den Daumen.

DER STAATSSTREICH

Als auch die Westwelt vor einer *Wende* stand, hatte sie nicht so verlockende Worte: sondern mehr krisenhafte Begriffe wie *Abwrackprämie*. Metaphern, die nicht die Wende wagen, vielmehr den Wagen wenden. Man durfte ihn also zum Schrottplatz fahren, einen neuen erwerben und die Wirtschaft in Gang halten. Nun konnte der Staat weiterdenken und andere Geräte, die nicht auf der Straße, aber im Haushalt bereitstehn, in Betracht ziehen, alte Kühlschränke und laute Waschautomaten. Man würde nicht lange fragen, ob sie noch taugen, wenn man den Reibach machte. Was alles ließe sich in den Handel werfen, vernichten/erneuern! Natürlich waren die Firmen auch in der Pflicht, weniger haltbare Dinge herzustellen, die sich ohne staatliche Hilfe in Müll verwandeln. Sie haben das feine Gespür, im Geschäft zu bleiben. Da hat man eine große Kurbel gefunden, die den Aufschwung bringt, das ewige Wachstum, eine Wahnsinnswirtschaft. Es war Zeit, die Schalksrepublik auszurufen.

UNDURCHSICHTIGES GESCHÄFT. Das Volk gab sein *Eigentum* ab und ließ sich die *Freiheit* aushändigen.

Inhalt

Narrenkleid 7

Vermehrung der Narrheit 9
Die Menge 10
Ehekrüppel 11
Es geht an die Nieren 12
Blinde Liebe 13
Scheinehe 14
Wie die Armen beschlossen, Toren zu sein 16
Die Tortur 18
Die Lockerung 19
Die Arbeitslosen im Weinberg 20
Die klugen Hornoer 21
Die Narren von Büchel 22
Das Sterbeverbot 23
Volksbegehren 24
Planetarischer Anspruch 25
Aus der Praxis 26
Florida-Rolf 27
Normalbürgerstreiche 28
Die Felle 29
Verquere Geschichte 30
Wildfremde Umarmung 31
Kommunale Maßnahmen 32
Genfer Konvention 33

Ein Fall von Mißgunst 34
Der Schnee von morgen 35
Auf dem Highway 36
Bestrafte Schlaraffen 37
Groteske Aufklärung 38
Wie der Hamburger Zoll 1 Million Paar Schuhe zertrat 39
Wie der Schalk Golodkowski von Berlin nach Bayern floh 40
Die Schutzschildbürger 41
Wie es in Kaiserslautern Euros regnete 42
Eine Belegschaft von Unnützen 44
Gesichter der Globalisierung 45
Beschreibung eines Kampfes 46
Narrenspiel oder: Der süße Weg 48
Hohe und niedere Narrheit 49
Der Kindernarr 50
Einkindpolitik 51
Das Ansinnen der Tugend 52
Die Neugründung Boliviens 53
Tote Seelen 54
Wahlfälschung 55
Preußische Rechnung 56
Das Füttern der Fahrzeuge 57
Die Pasta der Gerechtigkeit 58
In letzter Instanz 59
Vorschnelle Schlichtung 60

Das Beten der Banken 61
Sodann 62
Aus Willkür wirds nicht Tag 63
Franzosenkrankheit 64
Das Leben der Beruf 65
Der Philosophenstaat 66
Von einem der größten Narren 68
Kinderspiel 69
Zum Publikum 70
Die geizigen Löbauer 71
Das Beben der Banken 72
Der Übernarr 73
Merkwürdiges Beispiel menschlicher Demut 74
Spanische Tollheit 75
Der Staatsstreich 76

Undurchsichtiges Geschäft 77